LE

MONUMENT

DE

VERCINGÉTORIX

SOUVENIR

D'UN

VIEUX BOURGUIGNON.

DOUAI

LIBRAIRIE L. CREPIN

23, RUE DE LA MADELEINE, 23

1869

LE

MONUMENT

DE

VERCINGÉTORIX

SOUVENIR

D'UN

VIEUX BOURGUIGNON.

DOUAI

LIBRAIRIE L. CREPIN

23, RUE DE LA MADELEINE, 23

—

1869

LE MONUMENT

DU

VERCINGÉTORIX

(Lu en séance publique le 10 novembre 1867.)

———◦◦◦———

Manibus date lilia plenis

I

ALISE

—

Voici le point du jour, la colline est dans l'ombre ;
Sur la Brenne s'épand un brouillard froid et sombre
Qui dérobe sa course et son lit argenté ;
Déjà du mont voisin la blanche aube s'apprête
Lentement, par degrés, à couronner le faîte
    De son incertaine clarté.

—

A l'entour, le reflet de quelque torche errante,
D'un foyer qui s'éteint la lueur expirante,
Le cliquetis lointain de l'airain et du fer,
Attestent sans relâche à l'héroïque Alise
Que César a juré sa perte, et qu'elle est prise
    Comme en un cercle de l'enfer.

Après quarante jours de lutte et d'agonie,
L'impuissante cité succombe, ensevelie
Dans un sommeil sans rêve, ainsi qu'en un linceul ;
Contre un destin plus fort sa valeur s'est brisée,
De faim et de fatigue elle tombe épuisée :
        Tout dort ; un homme veille seul.

—

C'est le grand chef, le jeune et généreux Arverne
Dont le bras a vaincu (1), dont la tête gouverne ;
Attentif et l'oreille ouverte au moindre son,
Sur le sommet désert de l'âpre forteresse,
Ainsi qu'un noir fantôme, immobile il se dresse,
        Et son œil scrute l'horizon.

—

      Pendant que son regard interroge l'espace,
        Sa bouche murmure à voix basse :
» Les chefs sur les autels ont juré librement,
        Et les chefs tiendront leur serment !
Ils m'ont dit : « Fils de l'antique Arvernie,
» Notre fortune à la tienne est unie ;
». Espère en nous, qui nous fions en toi.
» Nous détestons les discordes civiles
» Qui trop souvent ont affligé nos villes ;
» Nous n'aurons plus qu'un cœur et qu'une loi !
» Adieu ! Nous reviendrons selon la foi jurée,
» Entraînant sur nos pas la Gaule conjurée ;
» Nous avons fait le vœu de partager ton sort.
» Que la trentième aurore en ce lieu nous rassemble ;

(1) La retraite de Gergovie est un grave échec essuyé par César.

» Pour la patrie alors nous combattrons ensemble
    » Jusqu'à la fin, jusqu'à la mort ! »

—

« Ce jour décidera de notre destinée,
    C'est la quarantième journée
    Ecoulée après leur départ.
Le désespoir, la faim, ne savent pas attendre ;
    Dès ce soir il faudra nous rendre.
S'ils revenaient demain ?... Demain serait trop tard !...

—

    « Ils reviendront aujourd'hui même ;
    Ils préviendront l'heure suprême.
Les chefs entre mes mains ont juré librement ;
Je connais leur bravoure, ils tiendront leur serment ! »

—

Cependant le soleil fournissant sa carrière
S'élevait, inondant de sa vive lumière
Les cîmes, les vallons, le camp et la cité.
Tout-à-coup le grand chef sent son ardeur renaître ;
Il tressaille, il a cru de loin voir apparaître
    Quelque signal inusité.

—

Il attend... puis il pousse un long cri d'allégresse ;
La foule des guerriers autour de lui se presse
    Et se répand sur les remparts :
    Plus de tristesse, plus d'alarmes,
    Des Gaulois ils ont vu les armes
    Étinceler de toutes parts !

Oui, c'est la Gaule tout entière
Qui, de l'une à l'autre frontière,
S'ébranle et court défier le danger,
Revendiquer sa vieille indépendance,
De ses enfants tenter la délivrance,
Et repousser le joug de l'étranger.

—

Des rivages de l'Atlantique,
Et des landes de l'Armorique
Aux forêts que baigne le Rhin ;
Du doux pays des Tectosages
Jusqu'aux humides marécages
De l'Atrébate et du Morin ;
Tous sont venus : de l'Arvernie
Les fils nombreux et redoutés,
L'Edue aux puissantes cités,
L'habitant de la Séquanie,
Le Rème au cœur ambitieux, (1)
Et le Carnute aimé des dieux. (2)

—

Ainsi, dans un élan sublime,
La Gaule se lève unanime !
O combien ils sont beaux à voir
Ces guerriers, ces héros, accourus par cent mille,
Quittant, le cœur joyeux, leur foyer et leur ville
Pour accomplir un saint devoir !

—

(1) Eo tum statu res erat, ut longe principes haberentur Ædui, secundum locum dignitatis Remi obtinerent. — César VI. 12.

(2) Druides, certo anni tempore, iu finibus Carnutum. quæ regio totius Galliæ media habetur, considunt in loco consecrato.— Id. Ibid 13.

Ces braves, sans délai, sans ordre, avec furie,
    Assaillent l'armée ennemie
    Dans ses vastes retranchements ;
Le Vercingétorix et sa troupe fidèle
    S'élancent de la citadelle,
    Et secondent leurs mouvements.

——

En face du péril imminent, formidable,
    César est calme, inébranlable
    Comme l'arbitre des combats ;
    Il sait que cette aveugle rage
Expirera devant l'intelligent courage
    Et le sang-froid de ses soldats.

——

    Jusqu'à la troisième journée
La lutte se poursuit, implacable, acharnée,
    Lutte d'extermination ;
Il convient à César que la Gaule succombe,
Sous les remparts d'Alise il a creusé la tombe
Où doit s'ensevelir toute une nation.

——

C'en est fait ! Le génie a fixé la victoire,
César tient en ses mains la fortune et la gloire,
Et devant lui l'armée immense des Gaulois
S'est dissipée, ainsi que les feuilles des bois
Au souffle impétueux d'un orage d'automne.
Alise doit périr, tout espoir l'abandonne ;
Pour l'honneur de la Gaule et pour sa liberté,
Jusqu'au dernier soupir, vaillante, elle a lutté ;
Mais demain, aussi loin que s'étendra la vue,
La campagne muette, ensanglantée et nue
Frappera ses regards mornes et désolés !

Ces rares défenseurs survivants, appelés
Par le chef, à pas lents s'assemblent sur la place ;
Le Vercingétorix leur parle ; son audace,
Que tempère un rayon d'ineffable bonté,
Jusqu'au bout, sans fléchir, brave l'adversité :
« Compagnons, tout ce que le courage a pu faire
» Nous l'avons fait, dit-il ; mais les destins jaloux
» Veulent une victime, il faut les satisfaire ;
» Je vais donc m'offrir seul pour le salut de tous.
» Votre trépas serait inutile ; il faut vivre.
» Qui vous reprocherait d'avoir manqué de cœur !
　　　» Adieu, mes amis, je me livre
　　　» Aux ressentiments du vainqueur. »

———

On l'entoure, on l'admire, on le couvre de larmes,
　　　Sans songer à le retenir.
　　　Il revêt ses plus belles armes ;
Comme pour une fête il part ; il fait venir
Son rapide coursier, qui s'élance et l'emporte.
Déjà du camp romain il a franchi la porte.
On le mène à César. Des rudes vétérans,
Sans détourner les yeux, il traverse les rangs.
　　　César est monté sur son siège ;
La foule des soldats l'environne et l'assiège,
　　　Laissant libre un espace étroit! ...

　　　Or, c'est dans cet étroit espace
　　　Que se trouvèrent face à face,
　　　Ici la Force, et là le Droit.

———

　　　L'héroïque vaincu s'avance,
　　　S'arrête au pied du tribunal,

Jette son épée et sa lance,
Descend fièrement de cheval,
Et garde un dédaigneux silence.
Du général romain il connaît la clémence. (1).

—·

II

ROME

—•••—

Cinq ans sont écoulés ; sur Rome et sur le monde
L'heureux César étend son absolu pouvoir :
      Dans l'ombre d'un cachot immonde
      Son captif languit sans espoir.

—

Ce n'est plus le brillant vainqueur de Gergovie,
      A l'œil d'aigle, au front radieux ;
C'est un pâle malade, au déclin de la vie :
      Cinq ans de douleurs l'ont fait vieux !

(1) Que faut-il penser de la clémence tant vantée de César ?

Voici le curieux témoignage de Curion, de ce Curion que César avait acheté assez cher pour qu'il fut à lui ; il écrit à Cicéron que César est clément par calcul et cruel par nature : *Cæsarem non voluntate aut natura non esse crudelem, sed quod putaret popularem esse clementiam; quod si populi studium amisisset, crudelem fore.* (Lettres à Atticus, X, 4.)

Veut-on recueillir les aveux de César lui-même ?

Les Nerviens sont exterminés; ils comptaient six cents sénateurs, (comme les appelle César) ; combien en resta-t-il ? —Trois ! Sur soixante mille combattants, combien de survivants ? — Dix mille ! *In commemoranda civitatis calamitate, ex sexcentis ad tres senatores, ex hominum millibus sexaginta vix ad decem qui arma ferre possent, sese redactos esse dixerunt* (Bell. Gall. II. 28).

Les Aduatiques sont vendus à l'encan au nombre de trois mille cinq cents: *Ab his, qui emerant, capitum numerus ad eum relatus est millium tres et quinquaginta.* (Id. ibid. 3ჴ.)

Mais dans ce corps souffrant et brisé sa grande âme
  Garde sa généreuse ardeur ;
Malgré ses longs tourments une céleste flamme
  Échauffe encore son noble cœur !

—

Dans le cachot impur, dans l'infecte sentine
Qu'on nomme avec effroi : La Prison Mamertine,
Ne pénètrent jamais ni bruits ni mouvements,
Et pourtant le héros a des pressentiments :
Envers lui son geolier redoublant d'insolence,

Les Belges cessent de se défendre; on les massacre froidement et sans péril tant que le jour dure: *Ita sine periculo tantam eorum multitudinem nostri interfecerunt, quantum fuit diei spatium.* (Id. ibid. 11.)

Les Vénétes font leur soumission ; les sénateurs sont égorgés jusqu'au dernier ; tout le reste est vendu à l'encan : *Itaque se suaque omnia Cœsari dediderunt... Omni senatu necato, reliquos sub corona vendidit.* (Id. III. 16.)

Après de généreux efforts Avaricum a succombé : Les soldats de César n'épargnent ni le sexe ni l'âge. Sur quarante mille assiégés, huit cents seulement parviennent à se sauver : *Non œtate confectis, non mulieribus, non infantibus perpercerunt. Ex omni eo numero, qui fuit circiter quadraginta millium , vix octingenti incolumes ad Vercingetorigem pervenerunt.* (Id, VII. 28.)

Les défenseurs d'Uxellodunum succombent après une lutte héroïque; César leur fait à tous couper les mains, et les renvoie ainsi mutilés pour servir d'exemple : *Exemplo supplicii deterrendos reliquos existimavit. Itaque omnibus, qui arma tulerant, manus prœcidit; vitam concessit, quo testatior esset pœna improborum.* (Id. VIII. 44.)

Que penser du supplice de Vercingetorix, qui, après cinq ans de cruelle attente, fut égorgé le jour où César monta au capitole ?

Quelle est enfin l'opinion de Montesquieu ? « César, dit-il, pardonna à tout
» le monde; mais il me semble que la modération que l'on montre, après
» qu'on a tout usurpé, ne mérite pas de grandes louanges. » Et plus loin:
« César, de tout temps ennemi du Sénat, ne put cacher le mépris qu'il
» conçut pour ce corps, qui était devenu ridicule depuis qu'il n'avait plus
» de puissance ; par là sa clémence même fut insultante. On regarda qu'il ne
» pardonnait pas, mais qu'il dédaignait de punir. (Grandeur et décadence.
» Ch. XI. »

Les Romains étaient les plus durs des hommes. César n'a pas été plus cruel que ses compatriotes. Mais n'a-t-on pas le droit de douter qu'il ait été plus compatissant et meilleur?

Semble lui présager sa prompte délivrance ;
Il juge qu'avant peu son exil doit finir,
C'est-à-dire qu'il doit achever de mourir.
En effet il apprend que le peuple est en fête,
Que pour le lendemain avec pompe s'apprête
Un quadruple triomphe, et que du grand César,
Au Capitole, à pied, il doit suivre le char.
C'est pour le fier Gaulois le plus cruel supplice !
Il offre à son pays ce dernier sacrifice ;
Il ne se dément pas, il est calme, il s'endort...
Ne doit-il pas demain s'endormir dans la mort ?

———

Il dort. Sur les parois de la prison sordide
Soudain une lumière éclatante, splendide,
Se répand. Un vieillard s'avance doucement ;
Il porte des pêcheurs le grossier vêtement,
Et cependant son front est ceint d'une auréole. (1)
Il s'approche : « Oh ! mon fils, écoute ma parole,
» Lui dit-il ; l'avenir te sera révélé ;
» De moi tu l'apprendras, et mourras consolé !

———

 » Bientôt les hommes vont connaître
 » Le Dieu qui, du haut de la croix,
» Soumettra l'univers, et deviendra le maître,
 » Le juge et l'arbitre des rois.
 » Il m'a légué son héritage ;
 » L'affliction est mon partage,
 » Pour trésor j'ai la pauvreté,
 » Pour sceptre un bâton de voyage,
 » Pour couronne l'humilité.

(1) St-Pierre n'est pas, à vrai dire, le contemporain du Vercingétorix ; mais il a vécu dans le même siècle. L'anachronisme paraîtra-t-il excessif ?

» En tous lieux s'étendra notre action féconde,
» Les peuples béniront notre divine loi ;
» Nous avons trois leviers pour soulever le monde :
 » L'amour, l'Espérance et la Foi.

—

» Regarde plus avant : Rome chancelle et tombe,
 » Son immense empire succombe
 » Sous le courroux d'un Dieu vengeur,
 » Et, dans l'universel naufrage,
 » Tout a péri, rien ne surnage,
 » Que la nacelle du pêcheur !

—

 » L'apôtre simple et pacifique
 » De l'orgueilleuse république
 » Restera l'unique héritier ;
» Des peuples opprimés il prendra la tutelle,
» Les rois l'invoqueront, sous sa main paternelle
 » S'inclinera le monde entier.

—

• De la Gaule entrevois la haute destinée ;
 » Des nations elle est l'aînée,
 » C'est ma fille ; à chaque danger,
 » A chaque ennemi qui m'assiège,
  » Son nom redouté me protège,
  » Son bras est prêt à me venger !

—

» Grave au fond de ton cœur ma dernière parole :
» Infligeant aux Romains un douloureux affront,
» Tes ancêtres jadis ont pris le Capitole...
 » Tes descendants y reviendront ! »

La sainte vision, de moins en moins sensible,
S'efface. Le héros goûte un sommeil paisible,
Bienfaisant, qui lui rend la force. A son réveil
Rome est pleine déjà de bruit et de soleil ;
Du triomphe attendu la pompe est toute prête :
« Le Gaulois ! Le Gaulois ! Seul il manque à la fête ! »
On se hâte, on l'arrache à son obscur séjour,
Et son œil ébloui revoit enfin le jour.
Au char du dictateur rudement on l'enchaîne,
Il n'entend que des cris de vengeance et de haine.
Sa fierté le soutient ; par un suprême effort,
Il dompte la souffrance, et sourit à la mort.
Sur son char triomphal le vainqueur le précède.
Quel sinistre penser le poursuit et l'obsède ?
Son œil est froid et morne et son front abattu.
Le destin t'a comblé, ta gloire est sans seconde ;
  Seul maître de Rome et du monde,
  O César, à quoi songes-tu ?

   —

Songes-tu qu'à tes pieds s'agite et se déroule
D'ignobles affranchis une insolente foule,
  Qu'il n'est plus de peuple romain ;
  Que ces esclaves de la veille
  Se façonneront à merveille
  A l'esclavage de demain ?

   —

Ou bien, en frémissant, reconnais-tu peut-être
Que, malgré tes dédains, ce vil peuple est ton maître,
Et qu'il veut sa victime, et qu'il faut la livrer,
Que sa basse fureur enchaîne ta clémence,
Que sauver ton captif n'est pas en ta puissance,
Et que le tigre attend sa proie à dévorer !

Le cortège a franchi le seuil du Capitole ;
L'incrédule César sacrifie à l'idole
Dont Rome a fait jadis le maître de ses dieux...
Du chef Gaulois le fer vient de trancher la vie,
Et, brisant le lien qui la tient asservie,
Son âme, libre enfin, s'envole dans les cieux !

III

L'APOTHÉOSE

La Gaule s'appelait la France. Son génie
Avait enfin dompté la fortune ennemie,
            Et surmonté tous les hasards.
Les vingt siècles d'efforts, de combats et de gloire,
Dont la suite formait sa merveilleuse histoire,
            Se déroulaient sous ses regards.

—

Répondant aux accents de sa voix maternelle,
Ses illustres enfants se pressent autour d'elle,
Poëtes et guerriers, artistes et savants ;
Ne leur doit-elle pas son sceptre et sa couronne,
La grandeur de son nom, l'éclat qui l'environne ?
Elle les reçoit tous dans ses bras triomphants.

—

Elle ne veut laisser, dans sa reconnaissance,
            Nul service sans récompense
            Et nul mérite dans l'oubli ;

Pourtant au Panthéon, que de sa main puissante
Elle élève à ses fils, une gloire est absente,
Un siège, un seul, n'est pas rempli.

—

C'est celui du chef magnanime
Qui fut le dernier des Gaulois,
Celui du défenseur sublime
De la patrie et de ses lois;
Qui tint la victoire incertaine
Et l'arracha presque des mains
Du plus renommé capitaine
Qu'aient jamais connu les Romains ;
Qui, dans sa fière indépendance,
A servir l'étranger ne put pas consentir ;
Qui pour la Gaule, — pour la France,
Combattit en héros, et mourut en martyr !

—

La France émue et repentante
Proclame son nom par trois fois....
Or, après deux mille ans d'attente,
Il reconnaît sa grande voix.
Cette voix vénérée et chère,
Aux jours d'épreuve et de misère,
Jamais en vain ne l'implora.
Secouant sommeil et poussière,
Il se lève, et dit : « O ma mère !
» Tu m'as appelé, me voilà. »

—

C'est bien. C'est la Patrie en effet qui t'appelle ;
Pour toi sa main prépare une palme immortelle ;

Vers le temple, où bientôt elle t'introduira,
Comme un guide divin, elle te conduira.

—

Sur ses pas le Gaulois entre dans l'Elysée.
Parmi des champs de fleurs la foule dispersée
S'incline devant lui. D'innombrables guerriers
Se partagent en paix des moissons de lauriers.
D'une douce fierté leur visage rayonne,
Leur noble et mâle front est ceint d'une couronne.
Le nom que prend chacun de ces hommes de cœur
Est celui du combat dont il sortit vainqueur.
La Patrie a cessé de garder le silence :

—

« Ceux qui sont morts pour ma défense
» Dit-elle, me sont tous sacrés ;
» Aux héros inconnus ces lieux sont consacrés.
    » Ignorant leur nom et leur race,
        » Je donne à ces obscurs soldats
        » Le nom conquis par leur audace
        » Dans le baptême des combats.

—

    » Lis aux fastes de mon histoire;
    » Mes plus beaux titres sont ici,
    » Ici j'inscris chaque victoire...
    » Parfois mes défaites aussi.

—

» Jusque chez les vaincus j'honore la vaillance;
» De cet heureux séjour je leur ouvre l'accès,
        » Car ma juste reconnaissance
» Se mesure à l'effort, et non pas au succès.

Regarde, et crois à mon langage ;
» Voici mes témoins. » — Le Gaulois
Reconnaît dans son entourage
    Ses vieux compagnons d'autrefois !

—

Il distingue auprès d'eux des soldats d'un autre âge,
Qui, sans fléchir jamais, vingt ans ont combattu,
Dont la fortune un jour a trahi le courage
    Sans même ébranler leur vertu !

—

    A ces grands vaincus la Patrie
S'adresse avec amour, sa voix est attendrie :

—

« De vos frères, mes fils ne soyez pas jaloux.
    » De tous ceux qui, pour mon service,
» De leur vie avec joie ont fait le sacrifice,
    » Ceux que je préfère, c'est vous !

—

» D'autres ont pu goûter les fruits de la victoire ;
» D'autres ont recueilli le prix de la valeur ;
    » Ils ont combattu pour la gloire,
    » Vous avez péri pour l'honneur.

—

» Vous êtes du devoir les augustes victimes ;
» Venez à moi, venez, mes champions sublimes,
» Dont le sang pour ma cause a coulé comme l'eau ;
» Ah ! désormais sur vous le sort n'a plus de prise ;
» Reposez dans mon sein, mes bien-aimés d'Alise,
    » Et mes élus de Waterloo ! »

Elle dit : Aux accents de sa noble parole,
Le Vercingétorix a tressailli d'orgueil.
Dans sa marche rapide il semble qu'elle vole ;
Du Panthéon ils ont touché le seuil.

Ils entrent. Le héros émerveillé contemple
L'imposante harmonie et la splendeur du temple.
Soudain il reconnaît dans ce cercle enchanté
De ses braves Gaulois l'ennemi détesté !
« C'est César ! C'est lui-même ! » Il recule. Mais Elle :

« Mon fils, pourquoi nourrir une haine éternelle ?
» C'est moi, qui, surmontant de trop justes douleurs,
» Ai dû compter César parmi mes bienfaiteurs.
» Entre Rome et le monde abaissant la barrière,
» A tous il a donné la paix et la lumière.
» L'ordre qui fait ma force et ma sécurité,
» La loi qui prépara ma puissante unité,
« Sont autant de bienfaits de sa main tutélaire ;
» De l'empire romain je suis la légataire (1) !
» Ainsi, du Dieu vivant dérobant les secrets,
» César en ma faveur accomplit ses décrets ! »

———

Elle poursuit : « Est-il besoin que je te nomme,
» En te le signalant, mon fils, chaque grand homme ?
» Leur nombre te surprend ? Tous ils ont mérité
» D'être marqués du sceau de l'Immortalité.

« Vois ici mes penseurs, mes savants, mes poëtes ;
» Comment énumérer leurs brillantes conquêtes,
» Leurs succès éclatants, leurs utiles combats ?

(1) « Le but de la science historique, a dit Augustin Thierry, est la réha-
» bilitation de l'élément romain de notre histoire. »

» Pour armes ils ont eu la plume et le compas.

» Je leur dois mon prestige et ma gloire sereine,

» Du monde je leur dois d'être la souveraine.

» En les connaissant mieux, sans t'en apercevoir,

» Toi-même subiras leur charme et leur pouvoir.

  » Des grands princes dont je suis fière

  » Tu vois l'élite tout entière

  » Au centre de mon Panthéon,

  » Entourant avec déférence

» Deux souverains égaux en génie, en puissance,

  » Charlemagne et Napoléon.

» Tu découvres plus haut l'angélique figure

  » Du prince sage et bienveillant

  » Qui joignit l'âme la plus pure

» A l'esprit le plus droit, au cœur le plus vaillant;

  » Dont la douce physionomie

» Inspire une pieuse et tendre émotion :

» Qui fut saint, et pourtant plaça la *prudhomie*

  » Même avant la dévotion. (1)

» Incline-toi, mon fils, devant son ombre auguste;

» Au-dessus du plus grand s'élève le plus juste !

  » Entre les héros et les rois, —

  » Telle est ma volonté suprême, —

---

(1) Quand le Roy estoit en joye, si me disoit : « Séneschal, or me dites les raisons pourquoy Preud'homme vaut mieux que Béguin. » Lors si encommençoit la tançon de moy et de maistre Robert. Quand nous avions grand pièce disputé, si rendoit sa sentence, et disoit ainsy : « Maistre Robert, « je vourroie avoir le nom de Preud'homme, mès que je le feusse, et tout » le remenant vous demourast. Car Preud'homme est si grand chose et si » bonne chose, que rien qu'au nommer emplist-il la bouche! » Joinville.

» Tu marqueras ton rang toi-même ;
» Je souscris d'avance à ton choix. »

—

Or, parmi les guerriers que le Gaulois admire,
    Un groupe a fixé son regard.
    Il cède au charme qui l'attire
    Vers Jeanne Darc et vers Bayard
    Il siégera — plus d'un trait les rapproche :
    Même vertu, même valeur —
Entre le Chevalier sans peur et sans reproche,
    Et la vierge de Vaucouleur.

ABEL DESJARDINS.

Douai imprimerie de L. CREPIN, 23, rue de la Madeleine.

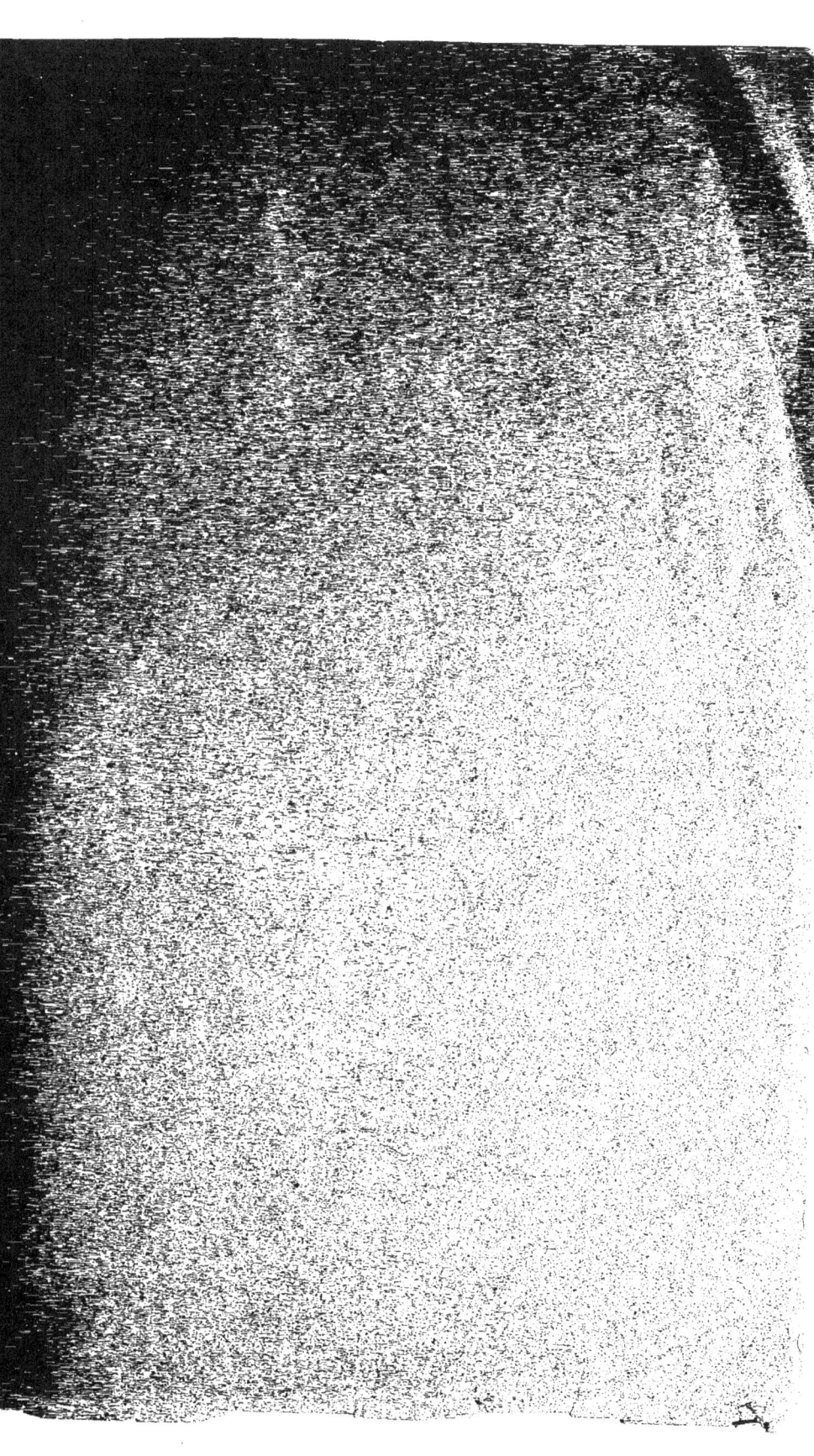

IMPRIMERIE L. CRÉPIN

PATIENTIA

DOUAI